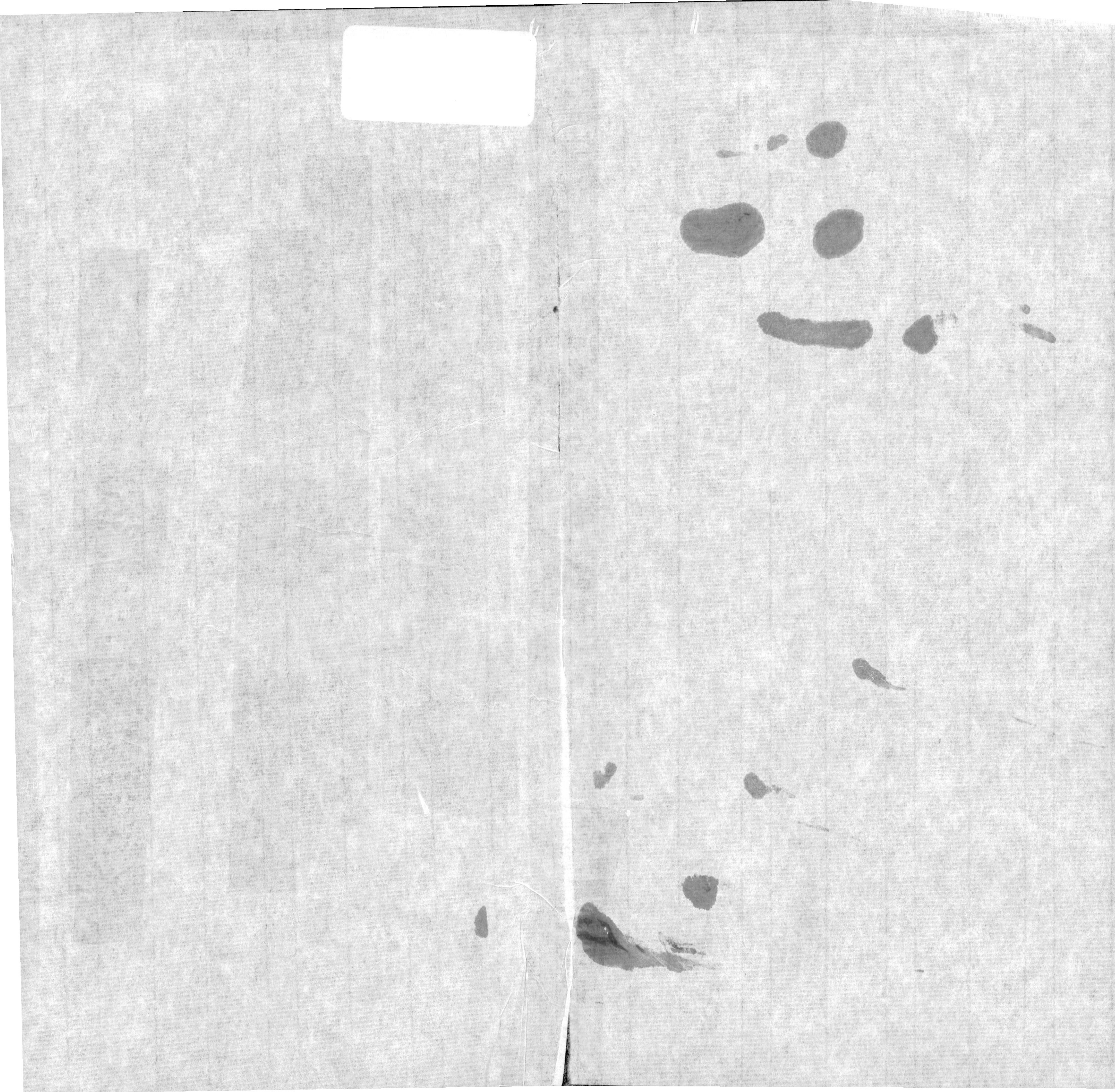

琴鶴山居文鈔

桐孫大兄大人屬

小弟景修題

瑤華閣詩詞鈔

咸豐六年桂秋中澣吳子虎題

大膽思爭古雄才定轢今謹嚴修史筆鄭重讀書心家有長貧累詩無變徵音牙期交契在應共惜青琴

作詩嘲杜甫問字向揚雲大敵偏逢我浮名恐誤君人才苦寥落世事况煙氛保蓄英華氣秋來鵰鶚羣

遂有他鄉感安知我道窮故人高詠處清興與誰同書劍飄零外功名感慨中鴛湖一輪月還照大江東

二梅弟褚榮槐題於十三河上寓齋

崇論宏議于排偶中挾單行之氣諸作幽秀亦小品上乘循誦再四欽佩無已 業弟鄭懷海注

湛源之思嶙峋之筆譚必驚人言皆有物妙在奇偶美兼華實溯厥根柢自讀書來出維誦再三輒思賦洙

珂樵侯

著論疏暢有本源於駢文諸辭中尤為傑作讀史偶筆亦見精識 郭嵩燾拜注

[illegible]

[illegible]

[illegible]

[illegible]

[illegible]

[illegible]

[illegible]

[illegible]

[illegible]

[illegible]

[illegible]

舜妹嫘始作畫賦

媧天手摹娥月眉掃帝闕瑤仙姚墟墨寶開畫院之鴻濛窮畫宗之搜討客有畫者疑而遐考謁主人而告曰僕聞古閨英之畫賈媛緋桃淨鬘碧草魏國修篁橫波瀯藻蜀夫人竹影窗含曹宗婦藕花障好楊妹子團扇名題劉奉華添綫圖造東吳鍼絕描列國之山川南海眉孃繡十洲之瀛島莫不戲蝶生毫驚鴻入抱縹緲雲藍便娟雪縞指削玉而競妍筆渲霞而疊蘽果四千年誰為之權輿而十三科齊為之壓倒主人曰嘻獨不覯沈氏畫塵乎原世派之濫觴出封膜之流亞惟重瞳之神聖有女弟之嬌姹名曰嫘而有徽制為畫而非借昔者嫘之活舜也虹感胎兮母體均鳳銜米兮父頑化憾鼻亭兮不咸憐嬀渚兮方嫁龍工服兮蟄井危鵲裳飛兮滌廩下靈藥浴兮惡酒醒雅琴奏兮大杖謝挽水火而心為春摹日月而天不夜斯固造化在心而丹青無價者也故其創而為畫也帝也清揚天然真宰露染毫零煙霏痕在以化工手為三昧抉飛仙機於千載昭華作管元纁奪絲五嶽指生九州蹟採何以臨本金泥玉檢河渚圖何以調鉛荊丹兗漆元黃彩何以傳色金膏水碧絢太古之乾坤何以搆思雲爛星輝模中天之寰海縱斷綀零粉之無多繡褫錦贉之有待而要為六法所宗亘千秋而不改客曰以若所云僕惑之久矣竊聞圖創史皇哀頌軒后雲幄媧張玉版堯

受畫蹟在先嫘生巳後蜼裳作繪豈帝子之揮毫龍黻施章豈天妹之運肘且僕有請焉恬筆倫紙太初並無柬絹吳綾洪荒未有欲設色其安施滋蓄疑而未剖主人曰嘻客所謂見豣筌蹏而談資瓦缶者也夫鍾氏湛丹不可謂繪聲之無偶也婦官染采不可謂傳神之不朽也乾端坤倪仙心聖手獨開生面繫維數首僕請縷陳子毋墨守令試與子冥搜祕蹟快縱豪談皴染如覩摹撫詎堪恍見夫玉衡窺璣模天象所本益疆進皈繪地理所參也女和月毋陳王會所貌也景星慶雲圖瑞應所探也一花一樹之妍則三珠四照也一烏一蟲之異則鴸鳳冰蠶也研女皇鍊石之色濯常儀浴月之潭爭修巳神珠之豔勝衵

媛白水之憨絕藝通神中天第一纖痕抹黛明月初三色原尚赤本不須藍允矣讀畫史而稽古為畫家之指南且夫女子之善始也摶土引繩妸媧始造富軒織錦皇娥始披西陵獻蠶嫘祖始教清都授策雲華始貽候人之南音女嬉始譜謚隘之綺曲簡狄始垂瑟張二十五絃素女始破龍鳴二十四角元女始吹皆以璇宮淑德金闕仙姿不物於物無為而為又何疑於煙雲瓌勢金粉研思盪為香氣洗盡臙脂創造有女中之舜閨襜為作者之師遐想其時重華被袗而親題傚象撤干而清話湘君停瑟而戲摹瞽叟扶杖而閒挂玉女展絹而細評舜以玉女妻伯翳見史記王母披圖而下拜入宮之女匽癸比共學染濡侍席之宵明

燭光徐參别派吾不知月幾望而歸妹兮繡良袂以何如主下嫁而館甥兮蜷脩眉其誰畫於是客喜而笑曰虞史不書畫録未補賴子釋疑可與道古以嫘之畫輝舜之宇洵足使丹鳳來儀珠蝦起舞松棟增雲蓂階洗雨百世而上論嫘者知天家飯糗無鼠壤之棄蔬帝女嘗羹有駝峰之作脯靈旗何處神女瑶池斑竹無痕美人湘浦兄非蔣帝青溪之軌跡誰尋妹豈終南道子之圖練善撫相與薦茗一甌爇香一縷供菊成龕鐫栗作主而祀以為畫中之祖

寒菜一畦賦

野趣稜稜冬心悄悄凍葉霜腴幽塍月曉斷秋思於憶蒓攬鄉
懷於集蓼開府飫大官之酪塞北愁羈小園供貧士之餐江南
夢繞想夫畦丁雜課菜甲紛披韭齊雨翦瓠冷煙絲北山之菘
秀晚東園之芥長遲碧玉簪抽秋水抱漢陰之甕黃花金散晚
風誤靖節之籬未幾寒色暝移寒蔬景寫畫罫煙分護苗泉瀉
翠劚冰鬆紅攙雪雅畫稿則雞柵半椽家具則鴉鋤一把掃寒
擇隕桑之徑種合閉門指寒雲打稻之場采先行野接畛縱橫
激流灌溉筍小掀尖苔荒裂衣黛碧捲心開黃批葉碎讓花窖之
奇溫寄筠籃之癖愛斜陽一隴廿五畝記取連畦芳草滿陂九
十日會逢挑菜爾乃晶盤畜旨翠釜療饑冰根嚼脆露氣蒸肥
甜含膏沃暖借陽晞笑清饞之飽否惜俗流之趣非冷尋秋後
之花蟲僵猶抱嫩啄春先之葉雀凍難飛嚼梅庭院煨芋山莊
一縋曝日幾棱鋤霜名則冰壺自署味則玉膾親嘗雪花霧淞
之天疏壟壓白雨甲煙苗之地清句輸黃巳焉哉故土一鑱孤
村雨糜收栗無租斷齏有葉一寒則歲課闌珊十畝則鄉心稠
疊嘆生涯其如許更無三九清鮭問此景其誰知膾有一雙瘦
蝶

是國朝學唐人小品六朝人鍊句之法其味較腴

夏論

稽古鴻濛澒洞庖媧戰中冀之兵羊水幷吞炎帝避空桑之旅大抵稱戈雖譬纂統無聞未有以明德之開基踵神姦之竊命勢傾天地禍極古今如有夏中葉者也夏之興也告沈壇之禪道一舜堯稽治水之庸功百湯武宜乎傳烈山以七十代壽黃帝以三百年豈有聖澤猶新乾圖遽厄採雙珪於委宛日月無靈遷九鼎於昆吾風雷齊震如羿浞澆殪諸賊乃不堙相椰之池而反舞刑天之戚者乎方太康之為羿距也以赤帝當道之蛇阻穆王日行之駿君非胡而流彘臣不尹而放桐自河以南立國如二帝普天之下勤王無一兵裯父逐而宋父興史侯廢

而董侯立委裘者孺子改玉者悍侯當是時帝相已湅雀投山潛龍入井參盧涿鹿周君罹狐而夏禍未已也無何窮門烹醢已降天誅濰水覆舟復羅國難過戈逆豎久生黿而生羆鄩灌殘兵盡化猴而化鶴遂至彎弧日落觸柱天傾涓涓源水之哀灑灑元黃之血帝則鈹交乎黃屋后則路絕乎蒼梧蓋亦險被沈河駭遭搜壁隱忍豕牢之想倉皇狗竇之逃而夏禍仍未已也幸而攀龍雖泣感亂先胎載朝則南氏生男置袴則莊姬匿武育丹陵而寄伊長孺之家問娍氏而知太子稱之在破巢完卯一縷千鈞然而鴟將取子蜮已伺人一網漏魚雖未剖比干之婦而千金子客終當購莫邪之兒觀於椒之求少康之奔而

夏禍終未已也迨至避仇仍牧棲託虞庖始邑諸綸漸收其衆畊田一旅小人則祖甲爰依降汭二姚女子亦法章能識自斟自鬲合其燼有靡有艾效其忠然後靖亂徒林殪允轡野繳大風於青澤誅鑿齒於疇華入神州則山川重秀天地再清還舊物而鍾虡不移廟貌如故夏社以之延夏禍斯為烈矣溯自洛汭作歌陷冀方者九十餘載商邱不祀絕大統者四十三年竊觀後世之天而滋前代之惑焉今夫姦雄乘氣數為廢興帝王以功德為原本是以祖龍混一軹道終降司馬闇干平陽見虜惟無德以堪之也夏則開國聖王守文賢主璿臺大饗再集共球甘野誓師親麾旄鉞仲康之命征討羿王崑岡后相之賓華

夷貢桐條谷宜可仰承帝命上挽天心況太康罪止畋游禍無女寵吾未聞鈃山獵雪必亡穆滿之軍雲夢從禽遂覆楚莊之國此其未喻一也或者星在豕韋蔡知不免歲當鶉火陳非遂亡則不過在析木而興及大梁而復國不可一日無君猶其四紀史不容一日無統況在卅年乃神器久假權奸而多難始開聖哲則又何也將無稀膏用饗皇穹寶順所為龍目遭殃天帝謂非其罪而竟使乘欙之主久絕明禋窆石之陵祊虛望祭此其未喻二也且夫銅斗竊威降真人於白水金輪稱制留帝子於房州世亦無貌孤未生國命已訖者也向使娥皇不育墮地無徵太叔未娠夢天絕望豈不哀姜哭市徒慟無人穆嬴啼朝

此勸儆切文筆
亦振掉有力

無能討賊乎且后緡以間關九死之若存流離六尺之孤設當杞婦城崩西陵道死萯山之室未乳清臺之驛不通則將使開母化石豈能以空桑誕兒而乃承項帝之前休僅彭鏗之遺腹此其未喻三也吾聞之闉門定亂鄭伐王城氾地蒙塵魯奔官守王室有難諸侯救之夏之世貢金九牧執玉萬邦拱衛非不盛也何以共游禹甸莫戴王靈坐視堯城不興義旅西望驪山之燧畿內誰援南征漢沔之舟水濱莫問雖異日畧收餘燼而當時絕少同仇以視洛邑雖遷起遺頑於西土渭橋未謁傳左袒於北軍忠義之心古人安在此其未喻四也抑又聞之熊通篡楚祚且長延鶉首賜秦天原易醉則亦幸而羿浞戀純狐困澆舟行地之夫有共舍縫裳之女始得以封鯀行戮逐犬生機耳假令羿也受奚祿山之玉玦不至殘身避逄門子之桃棓無憂碎首浞也肆窮奇之惡而子是句龍妃鑑髮之妻而生非封豕則雖齊襄蓄復仇之志恐討鄫舒有待後之謀彼據全華我階尺土舋無由伺事未可知此其未喻五也嗟乎四百年鼎籙追蘇旱絕於孤懸十七帝纘承馭馬瀕危於朽索以余緬懷禹跡慨想宗功冀州不奠山川烏能播穀唐室未平水土奚暇明倫乃商傳六七作而聖周卜三十世而王以得統之後先判享年之延促而又安危勢異此何說也雖然夔一傳而廢祀夏裔尚有杞鄫益千歲而帝秦皋後久傷蓼六天何可問史

亦難言所憾者辛甲之箴稱帝竊號誰誅魏絳之論失人擇言已誤伍員諫除惡而反鑿於澆屈子悼荒淫而傷心於浞蓋莫不憫賊臣之失圖而忘神禹之隕祚也豈不謬哉

天道人事終古茫茫爲夏后之明德一導其湮贊

英思博辯傾吐無遺

衛出公論

慨自好兵有寵州吁首樹厲階竊節先行壽子復罹家難襄牛出而兄弟搆死烏奔而君臣危春秋以來衛患寔甚然未有釁始婁豬禍終輿豭喪猶在殯國已稱兵如出公父子者論者謂推刃於毛裏之親操戈於寢門之地輒也一言斧鉞萬世罪人是第據迹以誅心實未原情以論事也令夫國有內憂亦有外患妖后以臨朝稱制則幼主僅守其名强敵以觀釁搆兵則大臣重憂其國襄夫人助子鮑厚施而宋公見逼楚棄疾奉孫吳討罪而陳社終墟是則內脅於南子之威母之讎子而非子之讎父外懼夫趙鞅之禍國之拒敵而非子之拒親也當日者登

臺訴成游郊不對靈公無祿子南卒讓夫曹臧守節成負芻以為君吳札敦仁俾闔廬以有國假令賢如子郢而稔知誤自戲陽則辨申生歸胙之恭發考叔遺羹之悟豈不可釋兩宮間隙母子如初祝三祖英靈社稷有奉哉誠以世子蒯聵者罪難告廟况夫人儼爾在堂誓不及泉豈少君尚能相見既絕子於母乃禰祖以孫則是藐孤在位恨壓日之勢冲子何知悼呼天之路絕而謂甘為戎首忍蔑天親無是理也晉之納蒯聵也主者趙鞅謀者陽貨貨豚澤之舍鞅邯鄲之責衛未嘗不憾也衛既叛晉兵訌彌年伐中牟圍五鹿此既為叛臣張其幟彼即以太子扼其吭藉口納君促卜寵而釁兆陰謀入國冀牽牛以蹊田

不見夫常山鄭也。昏代而滅代。陽關盜也。奔齊而詐齊。今也據戚斷朝歌之援。（范中行氏所在）假公義以伸私忿。視衛為溫原之比。踞兩虎以瞰孤豚。此通國所共危。宜在廷之不納。吾故曰輒幼而受制。拒蒯聵者。母志也。非子心也。臣謀也。非君意也。乃或者昧小君之干政忘嗣子之疑年歸獄有辭論人實舛夫趙陽公叔獲譴於中宮雍渠宋朝植援於禁闥魯穆姜威能脅子柄有獨操周桓王孫可承祧勢非得已且簡子伐喪之日距婤姶生子之年世已更三紀不盈五（靈公壽四十九）則輒也弁髦未脫難彎射父之弧縗經稱孤敢動闈宮之甲當會吳而藩舍據國何能迨刼孔而燔臺駕車遽出詆為拒父權在輒而不在輒與或者謂志

父為主廷臣所忌何以晉師既退不聞太子得還豈非國重父輕主內寇外乎不知諸臣憫嗣王之不惠絕意青宮利弱主之無能共扶黃屋仁親為寶亡人豈重耳之心置君如棊甯喜迺同朝所鑒子儀立則原繁敢貳獻公復而伯玉先行而況義在參觀事當互證他日彌牟致衆拒輒者非由君制當時曼姑興師拒蒯聵者豈在君命也或者謂春秋書法戚不稱衛穀梁有言子不加父援經以斷科罪奚逃不知圍戚之師傳文互異齊主兵而先衛左曰求援祖有命以辭父公云霸討權衡三傳左為得之是役也齊報鐵上之憤圍趙鞅非圍蒯聵也齊結中山為援助范氏非助衛輒也特投鼠弗忌幕燕方危當國諸臣不

能辭咎耳或者又謂魯論正名聖人不為執此而論抑又何解
然而輒果不子衛既無人何至使求賜蓄疑借夷齊問難親身
不善仲由豈入其邦公養弗辭宣聖忍食其祿乎且夫率土從
龍瞽瞍不聞有為臣之理流言放彘宣王不聞貽失養之辜假
令輒迎父以還宮紹祖以正位效夷吾之卜貳圉譬主父之禪
惠文生不必太上稱尊死可與先君並祔何必兩全無術乃令
萬世有辭嗟乎莊公有無君之心而後動於惡靈公負殺母之
慝（公殺嫡母宣姜）而始受其報得罪於君父君母簡策難湮敢告於先
王先公宗社為重謚原稱孝請質諸孟子七篇學貴通經試證
以漢廷一獄然後知罪援盾止未是乎衡禍起孫甯可為流涕
也翻萬古不搖之鐵案問何人火其爰書起千秋未死之人心
請為我告諸泉壤

向嘗論胡氏正名之說與當聖人之意援經以致當
日情事證萬世之疑獄文氣如瀉水翻瀾演迤涵
肆無不達之隱

隋獨孤后論

嗚呼古之以女亡國者多矣然類在末造之辟而不在開基之君類在淫泆之妃而不在貞勤之后若華覆夏妲己墟殷褒姒傾周昭儀禍漢前志有之若夫真人御宇哲后儷乾而灰宗湛族則隋文獻皇后所獨已當夫天元賓馭劉鄭通謀高祖以后父輔政策騎虎之難下兆潛龍之必飛堯遏八音禪圖於太尉武庸十亂借才於邑姜隋室之興后有助焉坤位既正儉德斯彰明珠卻於外夷胡粉减於近御恩兼卵翼則仁及諸王識洞機宜而智稱二聖蓋亦幾於賢后矣惜乎間疎家令危磨鏡之臣心忍殺尉妃紓還山之帝轡其干政也久其妒寵也深而吾謂此不足罪也今夫樹子如社國有元良哲婦傾城史多鏡誡后以偏憎召隙積毀蔽明遂使楊素乘機讒成於市虎姬威抗表毒發於坎牲天聽朝熒前星夕霣是故勇之廢后廢之也晉王好色較甚房陵鐵騎橫江欲覓臨春之豔金駝進院早達宣華之書然且塵凝瑟以售欺婢共衾而賺寵囑令大事竟付阿麼是故廣之覆后覆之也洎乎御牀悔歎玉几遺音猝羅仁壽之崩莫挽獨孤之誤謀探雀彀吳娃釀其禍胎請食熊蹯江芊職為釁首春秋之義惡有所歸是故堅之弒后弒之也若乃俊之甍也由鴆毒秀之廢也由巫蠱跡其沈冤非后所料然而崔妃悍虐婦姑有一脈之傳越邸不平兄弟抱同根之慟詩曰誰

晉[illegible]帝紀論

[illegible]

生厲階至令為梗是故俊之死秀之死后死之也文帝五子自相摧殘房陵十男悉被戕戮廣以驪姬之詛畜為郭巨之埋兒龍種墮雲燕飛啄矢尋致大業之末宗室無人突厥一義成難扶故國江都一蕭后不繫人心是故隋之滅后滅之也論者謂帝竊國不仁訓儲非義德之不建本必先顛況以四海與至尊得諸其女以大興成帝業失諸其兒出爾反爾抑有天焉豈可獨罪后也嗚呼室主移宮曾功顯而弗愧黄門擣杵詎賈后而不聞蓋自投杼生疑主卺失勢怒淳于之侍疾謂毒其妃惡芮伯之寵人竟忤其母奪宗以此不亦慎乎卽謂藩翰功高宗儲勢弱廣既生擒天子豈肯自伍諸王而后果無武姜亟請之心帝亦無定陶偏愛之念以嫡以長何嫌何疑固知埋璧之謀巳姬是主尋戈之釁唐帝不臧有自來矣嗚呼帝亦人傑也而恐以萬乘之尊制於一婦之手情深故劍譬如自倒太阿策定中宮竟爾遂傾大厦此則恨高歡不能教子先自屈於下官服衛公雅善相人乃受欺其息女為可歎也要而論之后專恣似呂雉而才足以濟之陰恐似則天而行足以蓋之卒有摘瓜之唱無采芝之輔而隋祀忽焉古之以女亡國夫孰有如文獻皇后也哉

周氏竺橋丙舍圖記

出西郭二里而近平疇鱗接曲港支分箄筏通其一灣畧彴施其獨木有竺橋焉碧陰則林淑斯環綠秀則黍禾彌望碩人在澗卜終焉而允臧仁者歸藏奮佳哉者此氣蓋我外舅周氏四世合葬所在也丁巳二月銘以濡露蕭辰禁煙泠節竊陪子姓往展先塋見夫如斧如防間幽扃以數武樹槐樹柳蔭讓木以交柯昭穆則左右星聯魂氣乃東西雲合聿增僾愾彌切旁皇清酒申徐孺之懷拜墓與陳思之宴歸而我外舅之弟辛甫妻叔出所繪丙舍圖見示屬為之記按曾侍之經春秋思祀守冢人之禮兆域為圖削牘命辭有可述焉夫永叔家頴修植表於瀧岡仲卿籍舒樂奉嘗於桐邑里居邈隔房祀斯愆雖宗離祔之文靡當首邱之義茲則公琴咫尺聆磬欬而如聞子舍團欒睇神明而可即王樵爾室願傍先靈司空壽藏將依生我其善一也形家筮吉或耽輿地之書術者饕奇爭炫撥沙之說於是有郤詵假葬沈滯彌年延祚停殯棲遲逾紀者外舅雖洞精玉尺抉祕青囊其為先世卜藏也瑞不俟夫眠牛敬已生於下馬陸彥師孝終表里極負土之殫勞黃端公望考名亭冀歸真之得所其善二也翦茅作室述志於韋賢種柏庇堂襲規於龔勝有先人之廬在信君子之澤長畊讀其中釣游可樂縱使田無滿頃屋僅單椽而搴靜沼之毛猶堪薦芰收荒莊之稅粗可陳

淥芊褱思親摩抄庭樹魚菽供祭取辦園蔬其善三也昔者展季之壟尚患樵蘇庚衰之鄰時憂翦伐必敬恭夫桑梓庶愛養其松楸令者一入其鄉而野老班荆宛覩高曾遺矩村童侍席儼同子弟分行澆來麥飯半盂遺之角黍撫此棠梨一簇護我笆籬地盡鳩安樹無鹿觸其善四也嗟乎經營馬鬣曾崇四尺之封拂拭魚箋誰寫百年之澤宗生族茂彈毫而異卉旁敷土厚水深滌筆而靈源四溢扇清芬於先葉翰墨淋漓開生面於佳城煙雲呼吸則斯圖也蓋將以展其孝思非徒以誌其幽窆也余家舊住西倉里一支徙於城者已百載矣而五世歸葬代有新阡九族聚居鄉無雜姓每企敦宗之誼輒思上冢之天好景當春淳風入古自仰瞻夫妙繪知合契於清門圖中凡世次塋兆蘇厚子先生已序之而銘復以葭末贅論者幸閱見之較真期丹青之不沫庶幾良工摹像毋忘徐孝肅之心辛甫丈嘗鐫先世遺像於銀杏板鬚眉宛肖名流多題詠焉後禩揚休克守鍾元常之帖

顧榕屏先生雙峰舊隱圖序

橫山挹當湖之遙秀，據武原之孤勝，寒花千嶂兀峙，石臺秋磬一聲清泠，古梵空林有雪，幽人獨立之岑，極浦無煙，明月初生之地。蓋唐之逋翁有遺躅焉，書堵風流，此焉繼蹟，詩人苗裔尚爾成村，勝情若招曠代如荅此榕屏先生雙峰舊隱圖所由補也先生華陽逸派藝苑名流脫屣塵寰棲蹤霞表青芙兩朶贈我宜仙黃葉半椽結鄰有佛巢痕無恙爪印留緣言指蘭若之邊曰為草堂之所因樹架屋主人亦傭拈花問禪老鶴欲偈頗堪話舊山中燕子之龕儘足卧看雨後鵶兒之髻林霖曉結曲檻常陰嵐氣夕澄深扃忽朗落落乎吾廬自愛人境不聞也況

復居地之幽得天者雋攀蘿獨往摘葉閒尋鮮水活其道心瘦石峭其吟格松子孕翠微鏗琴絃苔紋篆紅時媚屐齒汲泉而煮雪可承瓢對巖而讀雲來守笈斯並有聲之畫寫以無盡之詩非所謂翁輕清為性結冷汰為質者與斯圖也岡岫迴環厓巘崒崿以非苑煙巒之筆貌東吳文學之居面目披真標題入古雖雲夢之氣八九在胸而水竹之分二三已足山資易辦家具可支以視逋翁當日數莖白髮一片青峰寄寒雲孤木之情搜月脅天心之語固知異世同契接迹有人也

朱純菴秋窗讀畫圖記

餘花晚葉之天淋露護霜之節湘簾寧地月白無言芳檻臨池泉紅有影燕窺梁而話别蟲緣砌而答吟悄乎此境有幽人焉敞七客之寮聯十友之席鑪香欲燼撫烏几而韜函瓶酒方酣展鴉叉而命軸圖曰讀畫倐然遠矣純菴先生辯慧君子騷雅俊人耽癖嗜於顧廚締神交於米舫天機清妙得摩詰無聲之詩山響空泠有少文卧游之趣一塵不著如證乎墨禪六法相生可參之書譜其所藏劉松年畫者亦希代物也院中金帶名重四家海内錦贉珍無十幅洵寶臺之祕蹟藝苑之名縑焉夫人棲思於蕭澹之鄉。挹景於幽遐之表。冲襟跌宕。便化煙雲。靈氣鬱盤。自成邱壑。悟讀書於無字。譬蓄琴而不絃。覽謝客之吟一郭熙之林泉高致也披少陵之詠即王宰之水石真形也使必怡情金碧延賞丹青僅成紙上之荃蹄何與胸中之雲夢然而標令入化饕古振奇伊人宛在乎清波軼事可徵於院録則試與先生採南山晴翠之句訪西湖春曉之圖風雪運糧繼竹坨之逸唱溪山樓閣續樊榭之璋篇亦如鄺亭所云山水有靈當驚知己於千載矣是爲記

黃鶴樓先生扁舟訪友圖跋

蘆川幾灣未停酒舫韭溪一曲已引詩篷唯莫之春有客不速時則鶴樓先生薄游鴛水偶訪蝸廬鄂君有翠被之貽長吉賦高軒之過得親大雅幸接靈光甚欽欽也先生學貫九流才過八斗紬書東觀名重無雙結社西江派傳第一以敦槃之廣樹招裙屐之紛趨斯則雲不出山而霧已集市矣而乃虛心師竹芳訊締蘭落落松筠之交渺渺煙波之契每當葭露初滴蘋風欲潮一鶯選朋雙鯉贈札掉頭忽往縱筆所如坐書畫南宮之船携尊罍北海之席蕖花小艓盪霞亦紅荻水孤帆挂月微白拍凫前導恍晤故人涼鷺與迎為歡永夕於焉倚檻瞑諮停橈

晚矚問桃花之岸一葉到門指楊柳之池兩家合宅相思空谷采碧杜以抒懷廣闖高齋拄青藜而叩讀紘章之贄名士如鯽匏笙之座酒人似龍時復搜逸區中追奇方外海水汩汩抱琴獨來天風泠泠整佩相揖尋鐵簫而夢往談古劍而神飛蓋吳越之才東南之雋莫不縞紵殆徧焉噫嘻自人懷珍盈尺下視輩流操管萬言高睨曩哲友之恕也學之惛也若乃業富於山情深似水足跡五百里到處鴻泥心知四十年半皆鶴髮而推襟小友把臂後生同舟者望若神仙載筆者圖其主客洵詞壇之佳話服前輩之殷懷銘菽蘆賤士樗櫟凡材何意識韓猥蒙說項未授箋而作記早爇瓣而薰香他日者剡溪雪汎倘詣戴

逵牛渚月吟冀來謝尚自媿紫微相賞絶無雁塞之篇或者烏
榜重游尚憶鷗波之裔

褚二梅拜月盟花閣詩集序

青天擕句茫茫落雁之峰碧漢乘槎淼淼牽牛之渚謫仙已去才子重逢何來金粟前身未占玉堂一席或者天臺下士名山主人茶版安禪硯寮結客擁祕軸以三萬課良田以十雙亦足助我煙霞抒君嘯咤是區區者而不余畀乃使菰蘆淪落藜藿寂寥醉讀離騷鬱懷乾膜身世則愁如繭裏文章則貧益鏃厲如褚君二梅之詩僕讀之不能無感也二梅幼即鶴立長更彪怒藻銳十行芥拾一第揚雲銘靈節之歲終軍對奇木之年瑤闕何遐神霄可望乃雛鳳欲飛而蝕月紅蘭始芽而悴霜椿庭蕭蕭葛帐槃槃塚埋禿管船竪破帆雀羅翟公之門燕去謝家之壘榮悴若此煙墨所歎君昔與中表又泉朱先生束髮弄翰勝衣齋名呼定敬禮之文乞評康樂之句余以問字君來測交當是時敦槃一壇魚龍百戲芳草聚於十步名香爇其三昧把袂融座噏虹氣豪鞶裙程門積雪影立信淄澠之味合胡雲泥之道乖既而上書蘇季下第劉蕡仙桂留人明珠還我淚青衫以十年夢絳幄其千古琴碎絃裂車過腹痛而君復重以家累牽之塵紲將帖索米燒書代薪匳罄病婦之釵裘敝慈母之綫杜少陵別來太瘦桓子野輒喚奈何於是鬱為奇弄攄此孤抱紅雨寫怨則萬花亂飛青霞抗懷而五嶽哭起精驌洞鐵嗚咽成貫璣極哀樂之無端忽涕笑之併集嗟乎絕代佳人浣紗身賤

過江名士中酒愁多抱玉案以無媒盼金莖而誰賜所願寶蓄光彩灑練襟靈睥睨雲梯游戲瀛島銷魂小海之唱抗節鈞天之樂藜杖吹火或降乎太乙齋句題碣不憂其受辛假我謏言當君左券此日讀賈島之吟敢不鑄佛他年羡班生之遇何異登仙

照燕城賦乃瓜剖而豆分

十六國宮詞自序

夫華裔隔壤爰肇鴻黃河洛闡符不數龜紫稽皇代之閏位嗟宙合之分塗自金行不綱銅狄載泣離石始嘯巴賨繼挺咸自開翦迭相尊樹移靈命若轉轂易寶歷如置棋五嶽塵其三九州宅其七井蛙喋喋爭帝其方街兔逐逐競王其國二十八宿賸吳越之一星百四十年訖南北之兩代溯夫文皇載記散騎春秋悼天子於青衣弔降王於紫蓋河山之勢豆剖瓜分禁闥之娱煙銷霧滅於此而欲儀房樂擕宮體緝芳蘭殿綴響椒塗不其艱哉吁亦末矣然而救鎖腰之尉厥有賢媛諫投鞭之征匪無哲婦天錫二妾抗志於驅狸慕容兩妃卜昌於飛鳳纂妻之捐生靡吝登后之蹈死不迴並煥曩編聿為懿則若夫靈臺之官十八等髫髫雲徧中闈之后六七人褘衣雨集尚書八座繪像妃瑩宮者四星隱曜天市凡此者義雖荒佚文則詭奇殫稗乘之瓌聞悉藝林之綺詠余瀏覽前載屬當暇辰獵豔芟蕪搜遺抉祕撰為絶句體仿三家譜此哇音數逾百首匪云煒管直是癡符至於元黃雕刺穹壤仳離悲鑄錯之已非惜從戎之不早敲玉唾壺以攄憤把鐵如意而抗歌斯讀史之偉裁非鄙人所能識已

附黃鶴樓先生序

秀水趙君桐孫鷗波後裔鶴渚才人虎氣上騰鸞姿獨秀所

著詞賦及駢散文靡不縟旨星稠綺思霞爍近復譔十六國宮詞獵文皇之載記擷散騎之春秋體仿三家數逾百首余反復讀之而不能釋手也則有彰女救父徽光殉姑請罷鷂儀劉貴嬪密呈諫疏預愁鶴唳張夫人力阻征鞭元季兩妃欣占鳴鳳薛閤二妾泣化唬鵑至於西羌託跡親授金刀東閣殘骸怒拋玉璽襄陵軍債引劍而刺叔明大界營空彎弓而敵羌賊平原守節裙帶留題寶錦懷貞刀鋸願受傳檀賢女戴天而切復讐永業少妻投地而猶誦佛此皆流芳蘭掖垂範椒塗足消雀鼠之爭奚減雎麟之化若乃罽鋪鹿子堂啟螽斯雀入室而徘徊鴦藏溝而鳴躍三后侍寢幾同犬豕

之交雙飛入宮果應鳳凰之讖鄭櫻桃慣生逆嗣來妖馬於長秋苻訓英專恃主恩索凍魚於盛夏穢彰乞伏盜鑰而付什寅醜播沮渠禮禪而通釋子又況十八等之女官肆淫石趙百廿名之樂伎貢媚姚秦蛇虎變幻於蜀宮龍螭鏤雕於夏閣凡此者事雖荒佚文亦恢奇堪作虞箴永為殷鑒桐孫借彼瑰聞成斯麗製寫嬋娟於豕突鴟張之際描粉黛於狼咆熊吼之秋豔雨奢雲香流筆底荒煙冷月淚灑行間豈不足以膾炙藝林笙簧文囿也哉

賀張玉珊新昏啟用張氏事

樓頭金鏡仙郎著録之秋九齡燈畔玉釵詞客贈詩之夕祜譜
章臺之佳話倩壻畫眉敞翻樂府之新題為卿結襪借釋之事則有
清河韻士江夏名姝女誇崇嘏之才郎借文君之號廌參媒氏
妁聯織室於天昌張星一名天昌玉色瑤情狀神仙如好女良而乃披
學士之文選錢早中鷟愛富陽之尉達意何淹瑤燕尾涎涎遲
公子兮相見放花影悄悄待玉人兮未來生君昏婦病後期以令者桐
川生日二月八日為桐川張王生辰見咸淳歲時記菌閣芳辰光弼乘槎會銀漢之
星騫打鼓奏賓雲之曲安陵鷺羽開而卻扇融龍鮓美而齋牢
華攎梨捧盤敷柟榴撫枕紘金刀解佩供平子之四吟衡翠幙

遮鐙儷郎中之三影先蓮花手致自愛呼郎昌宗楊柳風流都
難描汝緒從此畫簾微雨曙金谷移春樞弄黛墨而疑顛旭問
靚糚而休避伯喈粉圍香陣擁玉照之詩仙鎡新桂蘇蘭勅樵
青之慧婢志和約看花於水心亭子籍賦濯錦於春日江邊何
蝶翦銖衣綽替藏寶篋麈揮玉柄識代拂彤匳唱而隨焉樂可
知已僕也升堂拜母早聯元伯之交劭隔幔徵歌未與文通之
宴稷望軒蓋之集里嘉貞羨絲竹之滿堂禹天上月中仲素齋
誇兩美紅情綠意夬妙締雙心定知魚嶺迎仙鈿轂下蘭香之
駕預卜鴛幃宜子畫縑慰花蕋之祈仙謹啟駕字下脫注碩

按漢書五行志成帝時童謠曰燕燕尾涎涎師古曰音徒見反是涎非涎去聲非平聲也啟失檢誤用然不能改矣

陸母沈孺人誄

昭陽紀年應鐘旅月陸賓薌先生之淑儷沈孺人以疾終於寢於是子荊改服奉倩傷神痛絶響於朱絃冀揚芬於彤史纕書穆行偏乞高文余受而讀之知孺人溫惠為心柔嘉惟則肄女師德象之篇勤中壼蘋蘩之職升堂育乳不輟於卅年饋食加籩式型於六族縞綦彌樂聲悅無違懿嬓之誌有自來矣夫紡磚助讀鏡檻邀題齏臼躬操環瑱手撤或拔釵而償酒債或賣珠而作蘿牽恒俗所矜崇嶽斯溢然未有雅人深致如孺人者也蓋先生殫精竹素媚學緗囊苦錢慳書空甁借每惜故家之散帙屢謀高閣之珍藏孺人慨然力成斯志牙籤錦軸拓金屋而廣儲蠹粉芸煙抱璇閨而細校質長生之庫按劵分酬採委宛之山購奇共賞以玆佳話仰企前規未聞徐淑答箋代致羽陵之笈彩鸞寫韻替覓嫏環之編援古方今靡堪並軌且其神識淵涵靈襟月粹言無閫外詩有盤中問遠方之瑤札可慰藁砧聆名士之琚談為供饌具賓朋詎勝窺公在嵇阮之間昏嫁未完佐夫了禽向之願佩大家女誡掌有三珠授韋氏遺經門羅五桂蘭方啟秀蘐豈收華當白首之相莊胡元穹之不惠烏驚夜泣雉愴朝飛宜乎潘鬢愁搔莊盆忍鼓撫遺衣而腸斷求故劒而心摧雪涕濡毫不能自已也銘畧闡梗概竊愧無文敢託素旗爰成哀製其辭曰

萊婦鴻妻㒵乎難躋芳矩如在高風與齊作嬪名門蘊華鼎族
慧性珠瑩令儀瓊淑閫德孝始家風儉先姑恩紀曲婦式承邊
鹿車挽晨鳳杼鳴暮黽勉女紅贊襄儒素星初早櫂雪後孤槳
慰夫行遠助子成名君子被放青雲勗志君子嗜書翠緹集事
函披金薤匳罄瑤簪千秋對面一袜雙心後起鸞翔雋聲茁秀
在福宜崇何命不宥習勤諱疾積瘁彫年落棠景仄高桂香煎
嗚呼哀哉嫛女躩淪漆娥臺圮少君忽焉蕙叢已矣愔愔陸羽
悼喪良朋名山未隱淨域先昇雨颯松門冰摧蘭谷珩佩如聞
仙音空穆丹旐在望青珉待刊我銘懿範月苦風酸嗚呼哀哉

李貞女誄

貞女李氏字於沈未嫁夫亡守貞以歿事具李君星槎所撰事畧中銘伏讀之歎曰夫其未昏守志貞也奉親以終孝也親歿歸沈義也勤撫弟妹仁也敬事舅姑禮也從一之訓彰不二之操立稽之往誥今為烈矣夫闡幽揚芳儒者之義宣懿導媺文章之榮鄙雖不敏竊慕乎爾爰書彤管之徽用託素旗之末乃作誄曰

猗與貞女有淑其名柔嘉允則淵令翔聲蘭儀振馥玉質流榮旣嫺姆教亦曰女英攷史書箴稱詩達禮班昭隨兄賈逵仗姊爰字聖童追求吉士昭畧賢裔休文才子何圖薄祜所天不辰

鼂采淪耀英蕤折春泣瓊兆夢掩鏡傷神無因一訣安贖百身古者廟見禮成曰婦服縗而弔義不責守生死雖殊幽明肯負一節難移三綱不朽乃捐華鈴乃斥珠鈿乃摧鸞鏡乃裂鵾絃父母為諒兄弟見憐完璧歸趙高義何堅竹無改節丹不奪赤矢彼中河之死靡慝誓諸皦日死則同穴一與之齊不改其德共姜之志嬰兒之風十年不字二親以終著簪云返桑主言供草名獨活繭謝同功陶嬰作歌令嫺設祭堂上奠榛閨中髽髻得婦如兒尊嫜掩涕立孤存後何日延系哀此煢獨復遭憫凶悽悽集蓼慘慘飛蓬長離泣鳳半死嗟桐殉身地下表潔寰中嗚呼貞女行芳志烈當其赴義盟心如鐵冥漠有知精靈亦泣

留砭塵濁視此冰雪我聞奇節卓越常塗王蠋殉忠仕隱奚殊
吳札許義始終不渝何當巾幗名教同扶彤史揚芬誰操偉筆
紫綍邀旌將搜幽佚日月爭光霜飈比凓傳之千秋金石不滅

擬海運疏 壬子歲萬宗師觀風卷所作

竊惟天下大政當積重難返之勢不可不善議變通在因時制宜之方不可不妥籌補救
國家漕東南四百萬粟上備
天庾正供下實軍府歲儲關係綦重江浙向由河運自州縣起運到通中間凡旗丁勒貼之費水手訛索之錢閘壩轉剝之貲通倉起卸之耗所需皆數倍於昔是以經費拮据輓輸稽遲求所為減費裕漕利運恤民之法誠無過海運一策伏查自道光六年蘇省海運後道光二十七年漕糧蘇松太再辦海運並援成規悉著明效則撫今而推廣其議誠大有益於

國計民生者也竊惟海運視河運有三便河運易海運有三利海運之喫緊今日有三善海運之籌備將來有三要海運視河運一便於取道徑捷伏攷元初海運自平江劉家港入海計其水程自上海至楊村一萬三千三百餘里後開新道由崇明沙放洋入黑水大洋轉西放登萊大洋抵津為程較捷明中葉議開膠河由海倉口徑抵天津為程尤捷今自出上海吳淞口抵津約程五千餘里重運出洋既可以循舊章程不虞艱阻并可以周諮水道條晰便宜似一便也一便於為期迅速漕渠延袤三千七百里南兑北交動以累月海運則江浙并自上海放洋抵津未及兼旬已可蔵事以海道之順風揚帆千里瞬息視河

路之入閘起壩重累天淵似二便也一便於備船簡易使改運而官造海艘非但工料不貲亦且風浪不習舊例僱沙船備運以招商僱船之費抵給丁造船之費有款而即可支銷以漕艘裝米之數準沙船載米之數一舟而得其倍蓰仍有餘地可兼許自行帶貨似三便也河運易海運一利於漕項可裕每縣核例給旗丁之行糧月糧耗米雜銀諸款準作沙船水脚暨天津通壩轉剝諸費已無不足而節省其漕贈之銀大縣得萬小縣得千兩省可得數十萬充用之原於是乎在似一利也一利於虧糧可免漕艘從河運沿途之起剝滋累費甚不支旗丁之運用浮糜費輒無等不肖者於是滋盜賣之奸罹逃亡之譴海運

則既無逃丁自無虧糧而通倉卸米之耗似可量為減殺以惠民商而謀久遠似二利也一利於中飽可杜蘇省舊辦章程於上海設收放銀米總局不以官為經理而飭舉商民董之事竣請奬浙省改運應請仿照此例則可以杜絕中飽且視衛所之設官督運縱未敢謂冗祿遽裁而於漕院之委員催兌亦無難使繁費少省似三利也至海運之喫緊今日者一莫善於墊補漕額江浙自大災之後元氣未復累年以偏災報緩而適當軍興撥餉度支孔亟之秋豈容再有缺額以困司農海運法行飭州縣以漕餘銀項採買好米令與全漕同運俾補正額所不足如是則本不以歉歲取盈而惠農有實仍不使度支病絀而濟

國有經似一善也一莫善於兼利河防江浙漕糧居天下大半向年運船稽至四月後入河正與怒河之汛值運期迫則易妨河河勢悍則易阻漕濟攔黃兩費周防令欲使河之險無與於漕漕之運無藉於河誠無如舍而海運者即江西湖廣安徽照舊河運而為船已少為期可早實於河防大利似二善也一莫善於并顧錢糧江浙河運各帮州縣之津貼兑費有加無已浮收不足償取之折征折征不足償取之地丁銀迨貼兑之銀既敷奏銷之限已及徵解之際往往而形短缺省費改運似不難一變其弊漕有生色官無誤公似三善也至海運之籌備將來者一莫要於風濤之險海舟畏漂視河舟極重海商以貨為生涯以船為性命檣帆堅駛操駕習熟且周知島嶼以灣泊審潮汛風颶之期以為趨避似可無慮況出運之際裝米較河舟一倍用卒較河舟數倍仰賴

國家洪福本萬無漂溺之憂然在天下大漕宜多為慎重之策且海水一濺米色必綠船身偶敧潮勢難當應請於僱船之際申飭選船於驗米之先嚴令護米似一要也一莫要於盜賊之防洋面之會哨出巡各省久稱息警而艇匪之出沒無常大海斷難懸揣應請一省運船酌撥本省水師護送始保萬全且借運糧之便習操檝之勞師船訓練於無形洋匪巡緝於未事似二要也一莫要於回空水手之安置水手皆强悍之夫一經無

業不得不多為防範伏查道光二十九年漕江浙因災停運水手皆量為資遣未嘗生事今似宜仍仿前例且使隨地安插不致聚於一方則無患有業負販即不歸其本土亦易安此輩南北置貨本能營生唯在地方官處置得宜耳似三要也合上數則海運之切於時務者並請推廣試行以觀成效然海運利而河運仍不可偏廢也

國家歲費數十萬金錢從事於河本為漕計蓋萬世之利在河而一時之急用海誠古今不易之法也不揣狂愚謹將海運可妥辦情形據實陳奏是否有當不勝悚惶待命之至

壬子觀風卷十四藝備蒙宗師萬公激賞時務四策許以各有見到語觀風歲試考古遂疊膺首選錄送詁經精舍

肄業洵異數也四策當時俱鑿空撰出無所依傍而指畫利弊年來頗驗自幸愚者一得故錄存其二且以誌知遇之恩於不忘也

行鈔引議 壬子觀風作

夫鈔引未始不可行也未始行之而利於古不利於今利於國不利於民也特必先籌所以為行鈔之地始可議行鈔之法通行鈔之利鈔引之設本以輕易重善策然以鈔輔銀則可以鈔賺銀則不可以鈔通錢則可以鈔漁錢則不可今欲行鈔以救銀幣錢法之敝莫如先議更幣而鈔引庶可相濟而行昔明臣議行鈔十便曰造之省用之廣藏之便賚之輕無成色之好醜爐冶之銷耗絕銀匠之奸偽盜賊之窺伺銅鐵廢而盡鑄為兵白金賤而盡充内帑其說似善其勢卒大不便者何哉宋元明改行鈔法以官鈔易民錢直以無易有之空券譬則無田之契無鹽之引無錢之票豈能强民情所不欲故一舉即廢炯鑒昭然且如禁銀以行鈔則是毆銀以歸夷如抑錢以行鈔則是滯錢以壅貨豈國與民兩利之道哉然而為救時要論則有說焉夫欲沿歷代未盡善之政開百年不經見之例而驟能通行盡利者未易言也鈔引之行有出而無納則民徒持無用之券而下不能信一出而即納則官徒徵無實之賦而上不能支權衡於行鈔之先就民所樂行者行之以預為之地而坐使上下利賴者有二策於此則請於江以南仿西洋之式改鑄銀錢番餅一圓銷淨銀祇六錢八分值今紋銀八錢而民以為便趨之若鶩今如照式范形開官鑄以益民用計萬兩銀已贏金千百兩

利且不肯峻漏銀出洋之禁首清其源定開礦課銀之稅次導其流然後立官局誅私鑄盡占番餅之利未有不公私俱便者且南五省之通行番餅無論矣至民納錢糧於州縣亦以番餅而官仍易銀以解奏銷官放軍餉於營伍悉以庫銀而兵仍易番餅以便售物輾轉之閒利盡在市而不在官在外夷而不在中夏假令更定則例以各省奏銷之銀飭於寶泉局鼓鑄利用并採礦以補之則行之速利之滋自不待言此亦古者銀鈔之法也更請於江以北仿重幣之式改鑄大錢自盜銷盜鑄積習弛禁鎔銅作無益之器百倍於昔則銅價安得不貴銅課安得不減至於採買不支鼓鑄浮費工作滋奸重重積弊錢法之受

病至深議變通者為宜仿古宋明當十當五諸制創行大錢重若干銖者值錢十重若干錢者值錢百分作數等於幕文鑄定字樣工省價廉部分條晰似可權宜國用特此法甚利盜鑄恐未資良民之藏已長奸民之藪是宜繩以極法唯是南民狡詐視北為甚先行之北則易禁耳夫更幣亦古來時有使不稍更錢幣而空行鈔引安知不畏難阻行益無成效但使改鑄而例定不移不致朝令暮撤則民心帖安行之久自北而南亦自然流通之理也且夫謂行鈔而必先行此二者正欲於民無損而官得以轉輸民錢於官漸裕而民得以支給官錢得以子權母遺意而後鈔引可行焉其法多寡之數以一貫為準新舊之換

以三年為期真偽之驗以印篆為憑製造之式以絲綾為質而其最要者欲行官鈔不得不權禁民會票會票不禁必與官鈔無兩行之勢禁之無他截止之不令再造其已掣者許隨地繳票易鈔如是則以民票易官鈔而民自行之即以官鈔轉官錢而民亦行之耳其尤要者欲行官鈔必先下戶部籌款需增課百萬則止造百萬鈔需千萬則止造千萬鈔分撥各省明揭其數使中外曉然有限制不致銀日用而匱錢日用而絀鈔日用而濫徒使中飽者假以漁利則鈔引未嘗不可行也雖然天下事利十則弊百不除弊無可興利假令商入錢取鈔而賫券至他省付錢率從而留難之住滯之則鈔不行官藉鈔勒錢而假勢使富民償券又從而訛索之飛嚇之則鈔愈不行以大機大權轉移更幣之法則以實心實力籌畫行鈔之便宜是在忠公任事者已

桐翁仁兄大人閣下：去年前致幼巖先生函，已
去後，昨送日前承付下之銀壹拾平百十九兩平八分，比之
來示多五分，以本縣平七十兩而論，尚須五十兩平二分有零，請幼翁
函中作為此項。兹已交由尊處收轉，現仍託秋
芷之便帶京也。匆匆即叩
行祺。弟孫希頓首。廿九燈下

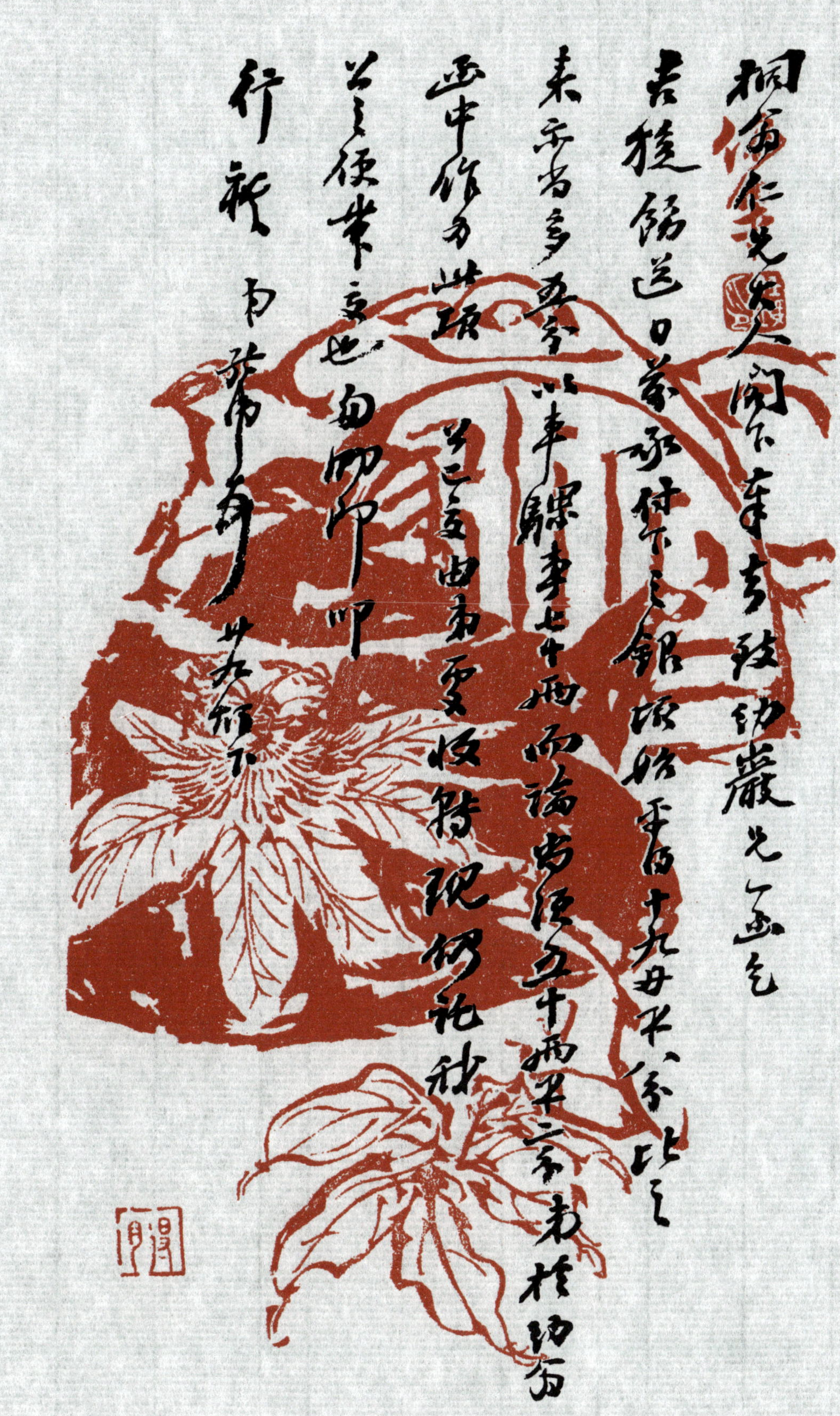

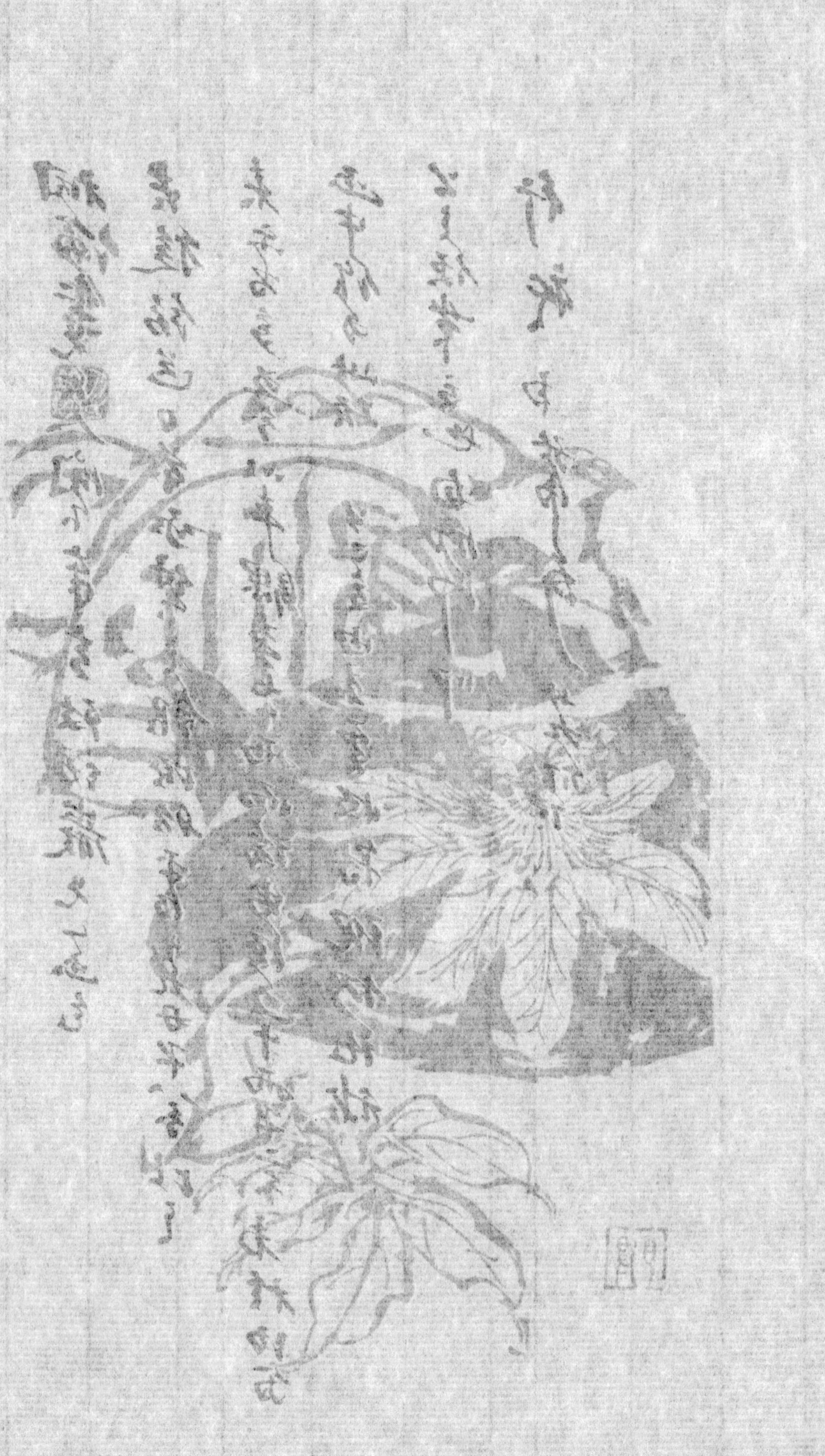